愛經典

閱讀經典，成為更好的自己。

紀伯倫 Kahlil Gibran—著
蔡偉良—譯

先知

the PROPHET

緣起

愛經典

卡爾維諾說：「『經典』即是具影響力的作品，在我們的想像中留下痕跡，並藏在潛意識中。正因『經典』有這種影響力，我們更要撥時間閱讀，接受『經典』為我們帶來的改變。」因為經典作品具有這樣無窮的魅力，時報出版公司特別引進大星文化公司的「作家榜經典文庫」，期能為臺灣的經典閱讀提供另一選擇。

作家榜經典文庫從二〇一七年起至今，已出版超過一百本，迅速累積良好口碑，不斷榮登各大暢銷榜，總銷量突破一千萬冊。本書系的作者都經過時代淬鍊，其作品雋永，意義深遠；所選擇的譯者，多為優秀的詩人、作家，因此譯文流暢，讀來如同原創作品般通順，沒有隔閡；而且時報在臺推出時，每部作品皆以精裝裝幀，質感更佳，是讀者想要閱讀與收藏經典時的首選。

現在開始讀經典，成為更好的自己。

目錄

船的來臨

THE
COMING
OF
THE SHIP

曾是時代的曙光，被主所選、被主所愛的艾勒穆斯塔法，在阿法利斯城整整等了十二年，等待著他的船到來，接他回到他降生的小島上去。

第十二年的收穫之月九月七日，他登上城牆外的山頂，凝神眺望著大海，看見他的船在霧靄中破浪駛來。

他的心在顫抖，欣喜地飛往大海。他閉上眼，在靈魂的靜謐中禱告。

當他從山岡上下來，突然莫名的惆悵向他襲來，他暗自心想：

我怎麼才能心安理得地離開這座城市，毫無哀傷地走向大海？不，我不能帶著流血的心靈創傷離開這塊土地。

在這城牆內，我度過了漫長的痛苦歲月，而比它更長的是我的孤獨夜晚。誰又能丟開這痛苦與孤獨，而不感到些許惆悵呢？

在這街道上，我曾撒下許多心靈的碎片；在這山岡上，也有過許多我所憐愛的赤身行走的孩子，讓我拋棄他們，怎麼可能不覺得心情沉重而苦惱？

我所拋棄的並不是一件今天可以脫下、明天又可以穿上的衣裳，而是一塊被我用手撕下的自己的皮膚。

不，它也並不是我遺棄的一種思想，而是被我的飢渴美化了的跳動著的憐憫之心。

然而，我不能再推遲我的行程。

那召喚萬物回歸的大海也在召喚我，我應該登上我的小舟，即刻駛向大海。

倘若今夜我還在此駐留，儘管那夜是灼熱的，我則將被冰凍、被凝固，將被這大地沉重的枷鎖緊縛。

但願這裡的人都能陪伴我一起離去。可是，這對我來說可能嗎？

聲音不能把賜予它雙翼的舌頭和雙唇帶走，因此，它必須獨自穿越宇宙的屏障。

是的，兀鷹也得棄捨窩巢，在蒼穹中翱翔。

艾勒穆斯塔法走到山麓，再次轉身面對大海。他的船正徐徐向港灣靠近，待在船首的正是他家鄉的人。

他從心裡向著他們呼喚，並說：

呵，我故鄉的孩子呀，在大海浪尖上的弄潮人。多少次我夢見你們航行過來，現在，你們終於在我更深的夢中，也就是在我醒著的時候，駛來了。

我已經準備就緒，焦急地渴望吹來一陣清風，將揚起的帆篷鼓滿。

然而，我還想在這寧靜的空氣中呼吸一次，還想向我的背後投去深情的一瞥。

隨後，我將成為航海者中的一員，和你們站在一起。
還有你，偉大的海洋、沉睡的母親，
只有你能為江河與溪水帶來寧靜和自由。
你要知道，這溪水還有一次轉折，從今以後，無人再能在這渡口聽它潺潺的水聲。那時，我便來到你身邊，無拘的水滴流入自由的海洋。

正當他走著的時候，他看見這裡有許多男男女女離開農田、離開果園，匆匆向城門口走來。

他聽見他們在田野上高喊著他的名字，相互呼喚，談論著他的船隻來臨。

他對自己說：

離別的日子能成為相聚的日子嗎？

還是人家說的，我的暮色就曾是我的曙光？

對擱下犁耙的農夫、對停下榨酒輪盤的葡萄園丁，我能送給他們什麼呢？

我的心是否能變成一棵果實累累的大樹，待採下後可分贈給他們？

或者讓我的願望化為泉流，待我去把他們的杯盞斟滿？

我是一架全能者彈奏的琴，或者是一支全能者吹弄的笛子嗎？

是的，我是一個正在尋求寂靜的徘徊者。可是，在寂靜中我發現了什麼寶藏，容我放心地施予？

如果說，這就是我收穫的日子，那麼，我曾何時何地播撒下我的種子？

如果說，這確實是值得我去高擎明燈的時候，那麼，燈內顫動的火焰，不是我點燃的。

因為，我舉起的燈無油而且黝黑。但是守夜人將為它添油點火，讓燈放射光芒。

◆ ◆ ◆

這是他所說的。

還有許多沒有說出的仍然存在於他的心頭。因為他無法袒露心中更深的祕密。

他進城的時候，眾人都來迎接，齊聲向他歡呼。
城中的長老上前對他說：
你可千萬不要這麼快離開我們。
於我們的薄暮，你就是正午。
你的青春在我們心中勾起夢幻。
你在我們之中既不是異鄉人，也不是客人，而是我們的兒子，是我們可愛的心靈之一部分。
你不要再讓我們的眼睛因渴望見到你的容顏而感到疲倦。

接著，男女祭司對他說：

不要讓海浪把我們分開，不要讓你在我們身邊度過的歲月成為一種忘卻。

在我們之中，你曾是一個活的靈魂，你的幻想猶如一束光芒，照亮我們的臉龐。

我們的心把你眷戀，我們的靈魂把你嚮往。

但是，我們的愛被沉默的面紗遮掩，從未得以表白。

現在，它卻向著你大聲呼喊，在你面前扯碎面紗，展現真相。

愛只有在分別的時候才會知道自己的深淺。

接著，許多人走來向他懇求。他低著腦袋，沒搭理，站在他周圍的人看見他的淚水正沿著臉頰簌簌簌地掉落在胸前。

他和眾人一起朝聖殿前的廣場走去。

一個女預言家從聖殿裡走出來，她的名字叫艾勒曼蒂爾。

他用充滿仁愛的目光看著她，因為她是在他進城第一夜就尋找他並信任他的人。

她禮貌地施過禮，對他說：

上帝的先知，你時常探求崇高的理想，尋望著你那遠離的舟船。

現在，你的船已經到了，你必須踏上征程。

你對夢中那片故土的眷戀、對她的追懷、對願望中神奇世界居民的嚮往，竟是那樣偉大。我們的愛不能把你羈絆，我們對你的需求也無法把你挽留。

但是，在你遠離我們之前，我們對你有一個懇求：

請你對我們說說深藏在你心中的真理。

我們將把這真理傳授給我們的兒子，由他們再傳授給他們的兒子，子子孫孫，連綿不斷。你的話在我們這裡將與世永存。

在你的孤獨中，你曾守護著我們的白晝；在你的清醒裡，你聆聽我們睡夢中的哭泣與歡笑。

為此，懇求你能向我們披露我們的「真我」，告訴我們自生至死的一切人生祕密。

他答道：阿法利斯城的民眾呵，直到現在，除了此時激盪在你們靈魂裡的那些東西之外，我還能說什麼呢？

論愛

ON
LOVE

於是，艾勒曼蒂爾對艾勒穆斯塔法說：請給我們說說愛。

他抬起了頭，用仁愛的眼光看了眾人一眼，大家恭敬地沉默不語。然後，他用洪亮的聲音說：

當愛向你們發出召喚時，你們要緊跟著它，
雖然愛的路程陡峻而又艱險。
當愛展開它的雙翅欲將你們擁抱時，你們要屈從它，
雖然那深藏在翼羽之中的利劍，也許會將你們刺傷。
當愛對你們說話時，你們要相信它，
雖然它的聲音會攪亂你的夢境，猶如北風掠過，使園林變成曠野一般。

愛會為你加冕，同樣它也將把你釘在十字架上。
愛致力於你們的成長，也為你們剷除隱患。
愛將攀上你生活之樹的樹梢，去擁抱你那陽光下顫動的嫩枝。
同樣，愛也將降臨到你那與泥土相伴的根柢，在夜的靜寂中將你的根搖動。

愛將你們擁入胸前，像擁抱一捆麥稈。
愛將你們投入脫粒機，使你們變得赤裸裸。
愛將你們篩選，使你們與皮殼分離。
愛將你們碾磨，使你們變得如雪般潔白。
愛將你們搓揉，使你們變得柔軟。
然後，愛又將你們送到它的聖火上，使你們成為供奉上帝的聖餅。

這就是愛為你們所做的一切，促使你們瞭解自己心中的祕密，而得以成為「生命」之心的一個碎片。

如果你們害怕了，而且僅僅只是為了尋求愛的寬慰和享樂，

那麼你們最好還是遮蓋你們的赤裸，避開愛的篩選，走向遙遠的世界。

在那裡，你們將暢懷歡笑。然而，並不全是笑；你們也將哭泣，但是，在你們的眼眶裡也並不全是淚。

愛除自身外，既無施予，也無索取。
愛既不占有，也不被占有，
因為愛僅以愛為滿足。

你在愛的時候，不要說：「上帝在我心中。」而最好說：「我在上帝心裡。」

你千萬不要以為自己能引導愛的行程，因為要是愛認為你值得享受這份愛的樂趣，它便會引導你。

愛除了完善它自己以外，別無他求。
但是，倘若你在愛的時候，又有所渴望，那麼，就渴望這些事吧：
融化你自己，像潺潺溪水般對著黑夜唱出美妙歌曲。
要體驗過度溫柔的痛苦；
要讓你對愛的真正理解去刺傷你的心扉，並心悅誠服地看到自己在滴血。
滿心歡喜地在黎明醒來，感謝充滿愛的又一天來臨；
中午小憩，默念愛的柔情繾綣；
傍晚，滿懷感激之情回到家裡；
躺下睡覺，然後在心中為你所愛的人祈禱，讚美之歌則印上你的雙唇。

論婚姻

ON MARRIAGE

接著，艾勒曼蒂爾又說：哲人，你對婚姻的看法如何？

艾勒穆斯塔法回答說：

你們同時出世，並將繼續合一，直至永遠。
當歲月展開它死亡的白翼時，你們也要保持合一。
是的，在默念上帝的時候，你們也要保持合一。
但是，在你們的合一之中，要有分隔的距離，好讓上蒼的清風在你們之中舞動。

你們要彼此相愛，但不要給愛繫上鎖鏈；
讓愛成為澎湃翻騰的大海，你們的心靈就是它的堤岸。
彼此把對方的酒杯斟滿，但絕不可在同一杯中啜飲。
相互遞贈麵包，但絕不可在同一塊麵包上共食。
盡情地一齊歡唱、一齊舞蹈，但是，各人都有自己的靜獨；
就如琴弦，每一根均是獨立的個體，儘管它們合在一起時能奏出同一音律。

彼此把心奉獻給對方，但千萬不要互相占有。
因為只有「生命」之手才能操持你們的心。
要站在一起，但不要靠得太近，
因為聖殿的柱子也是分別佇立的，
橡樹和柏樹也不在彼此的樹蔭中生長。

論孩子

ON
CHILDREN

隨後，一個懷抱孩子的婦女走近艾勒穆斯塔法，懇求他說：快給我們說說孩子。

他說：

你們的孩子，其實不是你們的孩子，

他們是生命對於自身渴望而誕生的孩子。

他們借助你們來到這世界，卻並非因你們而來。

你們能給予孩子你們的愛，而不是輸入你們的思想。
因為他們有自己的思想。
你們有能力為他們的軀體營造住所，而他們的靈魂卻不會寄宿在那裡面。
因為那靈魂居住在「明日」的宅第，你們既不能造訪，也不能在夢中找到。
你們可以努力地去模仿他們，但是，想讓他們像你們，卻是枉然，
因為生命不會倒行，也不喜歡在「昨日」的居所裡駐足。

你們是弓，你們的孩子是由你們的弓射出的「生命」箭矢。
那射手瞄準了立於無盡之路上的目標，用盡全力拉滿了弓，使箭矢飛得更快、射得更遠。
為此，你們就愉快地在聰穎的射手手中彎曲吧。
因為那射手既愛射出的箭，也愛手中的弓。

論施捨

ON GIVING

一個富者對艾勒穆斯塔法說：快給我們說說施捨。

他回答道：

如果你施捨的話，只是用去你財產的極小部分。
只有把你自身獻給他人，才是真正的施捨。
你儲藏的不就是那虛幻的物體，你盡力保存它不就是因為你生怕明天還會需要它？
那隻考慮周到的狗將骨頭埋入無人踩踏的沙土裡，再跟著朝聖者去聖城，那麼牠明天還能得到什麼呢？
對需求的擔憂不就是需求的本身嗎？
當井溢滿水的時候，你仍然感到焦渴，這豈不就是難以解渴的乾渴嗎？

有人僅為求名而將自己許多財產中的很小部分用於施捨，那潛藏的欲念使他們的施捨失去意義。

有人財產不多，卻捨得全部用於布施。

相信生命、相信生命之豁達的人，他們的寶庫永遠不會匱竭。

有人高興地施予，那高興就是他們的酬報。

有人痛苦地施予，那痛苦就是他們的洗禮。

既不知施予的痛苦，也不尋求施予的歡快，更不為宣揚自己的美德而行施予的人，他們的施予猶如香草在那山谷中留下的陣陣清香。

經由這些人的手，上帝向人世傳達祂的心聲；透過他們的眼睛，上帝俯身對著大地綻露笑容。

你因他人的請求而施予，這固然是美。
但是，未受請求，只因瞭解他人之需而施予則更美。
因為，對於樂善好施者來說，尋找需要幫助的人而獲得的快樂，遠比施予的快樂要大得多。
你的財產中還有什麼值得你為自己留下的呢？
毫無疑問，今天你所擁有的一切，總有一天將散落四處。
因此，還是現在就去施予吧，讓施予成為你生命的一部分，而不要成為你後人的一部分。

我時常聽你自豪地說：「我喜歡施予，但是只施予那值得接受施予的人。」

朋友，你是否忘了，你果園裡的果樹和你牧場裡的羊群卻不這麼說。

它們為生存而施予，因為不施予，就會面臨毀滅。

我給你說一條真理，凡配得上享有白晝與黑夜的人，都配接受你施予的一切。

凡配得上啜飲生命海洋之水的人，都配用你小溪的水灌滿他的杯盞。

有哪個沙漠，比擁有膽略去接受施予、接受美德和善意的沙漠更廣闊？

你是誰？竟要人袒露胸懷，揭開他們自尊的面紗，以便讓你看見他們赤裸的價值，直觀他們剝離了羞愧的自尊？你看看你自己，是否配做一個施予者抑或施予的器皿？

因為，給生命施予的是生命本身，而你卻在為自己成為施予者而自豪，你充其量不過是施予的見證人。

你們——施予和恩惠的接受者，你們不要背上報恩的重負，不要用你們的手將重軛套在自己和施予者的頸脖上。

還是讓所施之物成為你們的羽翼，並帶著施予者一起騰飛吧！

因為過多地思量你們所欠的，就意味著你們懷疑了視慷慨大地為母、視仁慈上帝為父的善者的豪爽。

論飲食

ON EATING AND DRINKING

一個開飯館的老人對艾勒穆斯塔法說：請對我們說說飲食。

他答道：

但願你能靠大地的芬芳而生存，猶如空氣中的植物那般，僅靠陽光就可生長。

但是，你卻不得不殺生為食，並從新生動物的口中奪取牠的母乳來為你自己解渴。

就讓你的這一行為成為一種膜拜的禮節吧。

讓你的餐桌成為祭壇，供上那為了淨化人心而獻身的來自叢林和原野的純潔祭品。

殺生時，你要默默對牠說：

「那下令宰殺你的力量，也將把我宰殺。

「輪到我的時候，我也將像你一樣被焚燒。

「那個將你送到我手上的律法，也將把我送到比我更強者的手上。

「你我的鮮血自古以來僅是用以澆灌天樹的漿汁。」

咬嚼蘋果的時候，你就在心中對它說：
「你的種子將在我的軀體裡生長，
「待到明天，你的嫩芽將在我心中開花，
「你的芬芳將隨我的呼吸升騰，
「我將與你常年共歡。」

當你在秋天從你的果園裡摘下葡萄，並將它投入榨酒機的時候，就在心中對它說：

「和你一樣，我也是一座果園。我的果實將被採摘，將被榨酒。

「新酒製成後，我又將被放入新的貯酒皮囊裡。」

冬天，當酒斟滿你的酒杯，你要在心裡默默地為你所喝的每一杯酒歌唱。

讓你的歌唱成為對秋天、對果園和對榨酒機最美好的紀念。

論工作

ON WORK

一位農夫對艾勒穆斯塔法說：請給我們談談工作。

他說道：

你們工作是為了與大地相伴、和大地的靈魂共行。
因為無所事事會使你們成為大地季候的陌生人、生命隊伍的落伍者，
那隊伍在無盡的宇宙中向著「無窮」高傲而莊嚴地行進。

工作的時候，你只是一支蘆笛，從心中吹出的時光細語，變成永恆的音樂。

當萬物齊聲吟唱的時候，你們當中又有誰願意成為一根無聲的蘆管？

你們常被告知，工作是被憎惡的，勞動則意謂著災難和不幸。

我卻對你們說，透過工作，你們可以實現大地那遙遠夢想的一部分，是自那夢想生成時就已指定給你們的那一部分。

當你們堅持有益的工作時，你們的心靈對於生命的愛才真正敞開了。

因為以有益的工作去熱愛生命的人，生命才肯為他展示它的深邃，讓他接近它的奧祕。

但是，如果你們因為辛苦而產生對生的苦惱和對身的厭惡，並將之寫上眉間，那我要正告你們，只有用你的發奮和努力才可洗滌你的眉間，抹去這些字句。

你們承襲了祖先的話語，視生命為黑暗。在困憊不堪之時，你們時常重複疲乏祖先常說的這些話語。

我說，生命確實是黑暗無光的，如果你不給予它動力。

動力是盲目不吉的，如果你沒有給它知識。

知識是無用的，如果你不讓它伴隨工作。

工作是徒勞無益的，如果缺少愛。

當你們懷著愛工作時，你們便與你們自己、與他人、與上帝合為一體。

怎麼樣才叫懷著愛工作？

從你的心中抽出絲，織成衣裳，設想你愛的人就將穿此衣裳。

你真摯地採石，營造房屋，設想你愛的人就將入住其間。

溫柔地播種，歡快地收割，就好似你將為你愛的人獻上這物產。

在你所從事的每一份工作中注入你靈魂的氣息。

相信所有正直的亡靈正圍著你，俯視著你。

我時常聽見你們彷彿在沉睡中囈語：「在頑石上雕刻自己靈魂形象的人，要比耕地的人更高貴。

「用彩虹的顏色在織物上繪出人像的人，要比鞋匠更崇高。」

但是，我在正午極清醒的時候、而不是在夜裡睡夢中，卻要對你們說：風對大橡樹說話的語調，並不比對纖細小草說話的語調更輕柔。

只有用愛心將風聲變成甜蜜溫馨歌曲的人，才是偉大的。

是的，工作是完美之愛的形象表現。

倘若你不能充滿愛地去工作，而是悒鬱惆悵，那還不如丟下工作，坐在聖殿的臺階上，去向歡樂而又安心工作的人乞討接濟。

因為你無精打采烤出的麵包，其味是苦澀的，只能為飢餓者減輕半點飢餓。

你釀酒時也怨聲載道，那麼你的抱怨已在酒裡滴下毒汁。

倘若你在吟唱天使之歌，卻又不愛所唱的歌，那麼你已用你的音調塞住了用以聆聽白日與黑夜之歌的耳朵。

論悲歡

ON JOY AND SORROW

一個女子對艾勒穆斯塔法說：請給我們談談歡樂與悲傷。

他回答說：

你們的歡樂就是你們帶著諷刺的悲傷。

你們汲取歡樂之水的泉井，也時常溢滿你們的眼淚。

這一狀況有可能改變嗎？

你們身上悲傷的傷痕刻得越深，你們內心的歡快也就越發強烈。

那盛酒的杯，在拿到你們手中之前，不就是被陶工送進爐窯燃燒的瓷坯嗎？

那能愉悅你心神的古琴，不就是被砍刀斧子採伐斬截的木塊嗎？

你們歡樂時，不妨注視你們的內心，你們便會發現，那曾經使你們悲哀的，現在又使你們歡樂。

你們悲哀時，不妨回顧你們的內心，你們便會發現，你們正為之灑淚哭泣的，就是曾經使你們歡笑的。

你們中有人說：「歡樂比悲傷更偉大。」也有人說：「不，悲傷比歡樂更偉大。」

而我則要說，他們是孿生兄弟，不能分開。他們同來又同去，當其中的一個與你們同桌就餐的時候，不要忘記，另一個這時正在你們的床上酣睡。

是的，恰似天平的兩個秤盤，你們懸於歡樂與悲傷之間，在兩者之間游弋，直到你們的內裡變空了，你們的晃蕩才會停止。

當生命寶庫的司庫要秤金銀而將你們提起時，你們不要為歡樂與悲傷而隨意升降，最好保持原狀。

論居室

ON
HOUSES

這時，一個泥水匠走上前來，對艾勒穆斯塔法說：請談談居室。
他回答道：

你在城市裡蓋房之前，先憑你的想像在沙漠裡搭建一頂涼棚。

那是為了使你在暮色來臨時，有棲居的寓所，同樣，也為漂泊的靈魂能在你那兒找到居所。

你的居所就是你龐大的軀體。

它在陽光中成長，在靜夜中安睡，並常有夢幻相伴，難道你的居所就不做夢？不夢想離開城市、步入森林、登上山頂？

呵，但願我能用手握住你們的居所，好似農夫在田野裡播撒種子那般，讓它遍布於叢林與綠野。

但願那山谷替代你們骯髒的街道，願披綠的山徑替代你們汙穢的陋巷。

但願你們在葡萄藤下相互尋訪，歸來時衣褶上散發著大地的芬芳。

然而，所有這些只是美好的願望，兌現的時鐘還未敲響。

因為你們的祖先擔憂你們迷失方向，便把你們聚集在一起，相互成為近鄰。這擔憂還將持續，那城牆依然將你們的爐灶與田地分隔。

快告訴我吧，阿法利斯的民眾呵，你們的居所裡有什麼？你們緊閉的門戶裡面深藏著什麼？

你們有和平嗎？它是無聲的力量，正展示著深藏於你們內心深處的堅強自我。

你們有回憶嗎？它是璀璨的弓橋，將人類思維的峰頂相互溝通。

你們有美嗎？是它帶著你們的心從木製石砌的居所升騰至神聖的山峰。

告訴我，你們的房子裡有這些東西嗎？

或者你們只有舒適的生活和舒適的欲火——「舒適」以客人的身分進入家庭，成為主人，乃至成為跋扈的一家之長？

隨後，「舒適」又變成一個魁偉的馴獸人，右手持鞭，左手操鉤，使你們美好的願望變成他的玩偶。

「舒適」的手指雖柔軟如絲，其心卻硬冷如鐵。

它平息你的銳氣，待你們入睡後站在你們的床前，譏笑你們肉體的尊嚴。

嘲弄你們健全的感官，像丟棄易碎的器皿，把它拋向灌木叢。

「舒適」的欲火扼殺你靈魂的情感，還咧著滿口泛沫的大嘴在你的出殯儀仗隊中行走。

你們，蒼天的兒女呵，你們雖然生活在安逸之中，卻不舒適，因為你們不願被網羅、被馴服。

你們的居所不應成為錨，卻應做桅杆。

它不應成為遮蓋傷痕的閃亮薄膜，而應成為護眼的睫毛。

你們不要為穿門走戶而收起翅膀，也不必因頭觸屋頂而低頭，更不要因牆基坍塌而停止呼吸。

是的，你不該居住在那死人替活人建造的墳墓裡。

儘管你的居室被裝潢得何等壯麗又輝煌，它卻不能遮蓋你們的祕密，掩飾你們的嚮往。

因為你們內在的「無盡」是居住在天宮的。那天宮的門就是清晨的雲，窗就是夜的寂靜和歌曲。

論衣服

ON CLOTHES

一個織工對艾勒穆斯塔法說：請給我們說說衣服。

他回答道：

你們的衣服遮蓋了許多美，卻掩蓋不住醜。

你們雖可在衣服裡尋覓隱祕的自由和孤寂，但衣服確已羈絆、奴役了你們。

呵，但願你們能脫下織就的衣裳，用肌膚去迎接太陽和風。

因為生命的氣息存於陽光，而生命之手又與風同舞。

你們中有些人說：「是北風織就了我們所穿的衣服。」

我說，是的，是北風，

但羞怯是它的織布機，那柔軟的筋肌就是線縷。

完成工作時，它便在林中刮起風暴，嘲笑你們。

你們不要忘記，「羞怯」是遮擋心靈不純者眼目的堅盾。

當心靈不純者再也不存在的時候，那「羞怯」不就是思想的桎梏、虔誠的汙濁嗎？

為此，你們得記住，大地因你們赤腳踩踏而高興，風渴盼著與你們飄逸的秀髮嬉戲。

論買賣

ON BUYING AND SELLING

一位商人走近艾勒穆斯塔法身邊，說：請對我們談談買賣。

他回答道：

大地為你們提供果實，如果你們只知道攫取，就品嘗不到生命所需之物的甘甜。

因為，若你們不把大地所賜之物拿來交易，就不會得到充裕的口糧，你們的貪婪也不能滿足。

你們最好以仁愛而公正之心去交易，否則，你們中的一些人會變得貪婪成性，另一些人則變為餓殍。

你們這些孜孜不倦地在大海、田野，和葡萄園服務的人呀，你們來到市場的時候，要和織工、陶工和香料採集工聚集在一起。

就在那時，祈求大地的神祇降臨於你們之中，讓祂把你們在交易時用來確定分量的天平和換算標準變得神聖。

不要讓那些遊手好閒的人參與你們的買賣，因為他們只會用言語來換取你們的勞動。

你們要對這種人說：

「和我們一起去田野，或者跟我們的兒女一起去大海撒網。

「因為，你們只要勞動，土地和大海就會像施惠給我們一樣，施惠給你們。」

如果是歌者、舞者和演奏者來到你們這裡，你們應當買下他們的東西，不要拒絕。

因為他們如同你們一樣，也是果實和香料的採集者，雖然，他們所帶之物是由夢幻製成，但對你們的靈魂來說，卻是最美的衣衫、最佳的食糧。

你們離開市場之前應當留意，不要讓任何人空手而歸。

因為大地的主神，只有目睹了你們中所有人都按需所取了，祂才能在風的滌蕩中寧靜地睡眠。

論罪與罰

ON CRIME AND PUNISHMENT

城裡的一位法官站在艾勒穆斯塔法面前，對他說：請給我們談談罪與罰。

他回答說：

當你們的靈魂在風中飄蕩的時候，

你們獨行且大意，沒有人能使你們避免錯誤，你們分別對他人也對你們自己犯下了罪孽。

為了你們所犯下的罪孽，你們應該去叩響上帝之門。

你們的神性像大海，
自古以來就純潔無瑕，並將永遠如此。
它又像以太，只助有翼者升騰。
是的，你們的神性也像太陽，
既不知鼢鼠的路徑，也無視蛇的洞穴。
然而，神性並不孤獨地寓居在你們的軀體裡。
因為在你們當中有些人已具人性，而另一些人至今還只是一個未成形的畸胎，為求覺醒，在霧靄中徘徊。
現在，我就想和你們談談你們的人性。
因為人性，既不具神性，也不是徘徊於霧靄中的畸胎，它對罪與罰一清二楚。

我時常聽你們談論誰犯了過失，就好像他不是你們一起的，而是你們中的外來人。

我卻對你們說，聖潔的和正直的都不能超越你們每人心中高尚的本性。同樣，奸佞的和儒弱的，也不能低於你們心中險惡的本性。

就如小樹的葉子，除非是整棵樹的意志和它的默許，否則不會使綠色變成黃色。

所以，你們中的行為過失者，若不是你們全體潛在的意志、不是你們全體在心中對他的默許，否則也不會犯罪。

你們是在同一隊伍中共同向著你們的神性前進的。你們是路，也是行路的人。

你們中如果有人跌倒，他的跌倒是後來者的殷鑒，後來者可以避開絆倒他的石塊。

他的跌倒也是對前行者的訓誡，儘管他們在他之前步履堅定而迅速，卻未能把絆腳石從路上挪開。

阿法利斯的眾人呵，我還要對你們說，雖然有些話語會使你們感到沉重，卻極富道理：

被殺的人並非清白無罪；

被偷的人對自己被偷，也並非無可指責；

正直的人，對奸佞的惡行也不可說無辜；

清白的人，對惡人的罪過也不是毫不相干；

是的，許多罪犯都是被害人的犧牲品。

罪犯承擔的罪責，往往更多的應該由那些清白者來承擔。

因此，你們根本無法真正區別好人與壞人、無罪與有罪。

因為在太陽面前他們站在一起，就如黑線白線纏在同一部織機上。

黑線斷了的時候，織工就必須認真察看整塊織物，然後還要檢查那機杼。

因此，當你們當中的一個人帶著他不忠誠的妻子來到法庭的時候，首先就要用天平秤一秤她丈夫的心，用尺量一量他的靈魂。

所有想鞭撻犯罪者的人，都應該先用理智的目光去察看一下被害人的靈魂。

你們當中如果有人想以公正的名義用斧子砍伐一棵罪惡之樹的話，請他先察看一下這棵樹的根。

他肯定會發現，好與壞、能結果與不能結果的樹，它們的根都在沉默的地下糾纏在一起。

你們這些想主持公道的法官，
對貌似忠誠、內裡卻是賊的偽君子，將如何判處？
對一個僅僅傷過一次人，而其自身的心靈卻遭他人一千次凌辱的人，
你們又將處以何罪？
雖然慣於欺詐，且行為粗暴，卻也強忍著內心的痛苦，並遭受精神凌辱——
對這樣的賤民，你們又怎能將他們驅趕？

你們怎麼能對那些懺悔之心遠超出其罪孽的人，施以最嚴厲的處罰？良心的自責不就是公道嗎？而公道不就是你們所奉行的、法律所宣導的嗎？

然而，你們既不能將良心的自責強加給無辜者，也不能把良心的自責從罪犯的心中取出。

它會在夜幕中不期而至，將人喚醒，去反省自己的生活和過失。

你們這些想探測公道的人，若不是以醒悟的眼睛在透亮的光明中審視一切行為，那探測公道又談何容易？

在這樣的光明之中，你們才會發現，那直立的與仆跌的，實際上都是同一個人，站在「畸胎之夜」和「神性之晝」之間的薄暮中。

聖殿的隅石並不比那最下層的基石更偉大。

論法律

ON LAWS

於是，一個立法者說：請問哲人，我們的法律又如何講。

艾勒穆斯塔法回答說：

你們熱衷於為自己制定法律，
可是，你們更熱衷於觸犯法律、向法律挑戰。
你們猶如在海堤上遊戲的孩子，努力而又不知疲倦地建起高大的沙塔，迅即又嬉笑著將它毀壞。
你們建造沙塔的時候，大海不斷地將新的沙粒沖上海堤。
你們毀壞沙塔的時候，大海又暗自嘲笑你們，因為大海一直善於嘲笑無辜。

對那些不以生命為大海，不以由人類制定的法律為沙塔的人，我又該如何說呢？

那些人認為生命就是岩石，法律就是他們手上的石鑿。憑他們的思維和想像，他們可以在那岩石上任意鑿刻。對他們，我又該怎麼說？

對那些憎惡跳舞的癱瘓者，我又該怎麼說呢？

對那些喜愛羈軛，且把林間羱羊、駱駝、羚羊視為大逆不道的公牛，又當如何？

對不能脫皮、卻又誣陷一切蟲豸為赤裸無恥的老蛇，你又怎麼講呢？

對那些急著吃喜酒，但等他狼吞虎嚥、酒足飯飽之後，卻又說所有的筵席都是違法的，參加筵席的人也都觸犯了法律的人，又該怎麼說呢？

對所有這些人，我要說，他們像常人一樣站在太陽光底下，卻是背脊朝著太陽。

他們只看見自己的影子，他們的影子就是他們神聖的法律。

他們也許認為，太陽只不過是影子的起源？

他們承認法律，不就是低頭躬身在地上尋找他們自己的影子嗎？

你們，只向著太陽行走的人，那地上的影子能使你們駐足片刻嗎？

你們，乘風遨遊的人，哪種風向標能為你們指明方向？

如果你們砸碎鐐銬，卻不打破別人的牢門，那人造的法律又怎能束縛你們？

如果你們跳舞，卻又不絆倒在別人的鐵鏈上，你們還懼怕什麼法律呢？

如果你們撕下衣服，而又沒有將它丟棄在任何一個人所經的路上，誰還能將你們送上法庭呢？

呵，阿法利斯的民眾呀，縱然你們可以掩住鼓聲，拆下琴弦，但是，
誰又能禁止雲雀放喉高歌呢？

論自由

ON
FREEDOM

一個演說家對艾勒穆斯塔法說：請給我們談談自由。

他回答道：

我時常看見你們在城門前、在爐火旁伏地膜拜你們的「自由」。你們就像那在專橫的君主面前自感卑賤的奴隸，暴君已將刀架在你們的頸脖上，你們卻依然為他大唱讚歌。

是呵，在聖殿的叢林裡、在城堡的陰影裡，我時常看見你們中最自由的人，他像戴著枷鎖一樣，背負著自由。

目睹這些，我的心在流淚、在流血，因為你們不能成為自由人。即使將你們對自由的渴望變成手中的武器，也不能像談論你們的目標那般去談論自由。

在白晝，你們不再是無所事事；在夜晚，你們並非沒有期盼，並非沒有因鬱悶導致的痛苦，這時你們才真正成為自由人。

為生活所迫，你們不得不辛勤勞動；雖然面臨重重困難，你們卻能無拘無束赤裸著負重奮起，這時你們才成為自由人。

在理解的曙光中，如果你們不能砸碎羈縛你們自由的正午之鎖鏈，那你們又怎能升騰，乃至超越你們的白晝和黑夜？

你們所謂的自由，實際上就是最堅固的鎖鏈，儘管那鏈環在陽光下閃爍著光亮，炫人眼目。

為能使你們成為自由人，除了你們那破碎自我的碎片，還有什麼是最要拋棄的呢？

倘若這碎片是一條不公正的法律，理應廢除，而它又被你們親手書寫並鐫刻在你們的額上。

但是，即便你們將所有的律書全部燒毀，或者傾大海之水去沖洗你們法官的頭額，也不能抹去你們額上的這條法律。

倘若這碎片是你們想廢黜的暴君，你們得先看一下這建立在你們心中的寶座是否已經毀壞。

因為，一個暴君怎麼能統治自豪的自由人呢？除非專橫獨裁就是他們自由的基礎，恥辱就是他們自尊的底座。

倘若這碎片是你們想擺脫的煩惱，這煩惱又確實是你們自己選擇的，沒有任何人強加於你們。

倘若這碎片是你們想驅趕的恐懼，這恐懼的本源確實在你們心中，並非在使你恐懼的人手上。

我要對你們說，在你們軀體裡蠕動著的一切期盼的和懼怕的、愛憐的和憎惡的、刻意追求的和力圖回避的，它們都是永遠相互擁抱著。

所有這些在你們軀體裡似光明、似陰影般地運轉著。陰影消失時，它不留點滴痕跡，那閃爍的光明也就變成另一光明的陰影。

這恰似你們的自由，當它掙脫桎梏的時候，就又成了另一更加巨大自由的桎梏。

論理智與情感

ON REASON AND PASSION

接著，那女預言家又說：請給我們說說理智與情感。

艾勒穆斯塔法回答說：

你們的心靈時常是戰場，你們的理智與判斷和你們的情愛與欲望在那兒廝殺交戰。

但願我能成為你們心靈中的和平使者，使你們心中的爭執與衝突化為一體與和諧。

可是，倘若你們自己未能成為心靈的和平使者、成為你們心中所有特質的愛憐者，我又能有何作為呢？

理智與情感是心靈之舟的舵與帆，它航行於世間大海。如果舵碎帆破，心靈之舟就不能繼續航行，只能隨海浪四處漂流，或把你們拋向海中一個安全的棲息處。

因為理智一旦駕馭了軀體，它便禁錮了情感；而情感一旦喪失了理性，就似燃燒著的烈焰，將其自身焚滅。

因此，你要讓自己的心靈帶著理智升騰至情感的高處，才可得到歡愉、得到愜意。

讓你的理性成為你情感的嚮導，讓你的情感得以日日復活，如同那不死鳥，在自己的灰燼上再次騰飛。

我願你們像對待兩名貴客一樣，善待理智與情感。

對待他倆，你們千萬不要厚此薄彼，厚此薄彼者必將同時失去這兩者的愛與信任。

在風景優美的山巒中，你們端坐在白楊樹的陰影下，分享著田野和遠處草原的寧靜、平安和清澈。這時，你們應當在心裡說：「上帝在理性中歇息。」

當風暴來臨，狂風震撼著林中的樹木，雷電宣告蒼穹的威嚴，這時，你們應當在心裡敬畏地說：「上帝在情感中行動。」

正因為你們是上帝靈氣的一息、是上帝叢林中的一葉，你們也理應同上帝一起在理智中歇息，在情感中行動。

論痛苦

ON PAIN

眾人中走出一名婦女，她對艾勒穆斯塔法說：請為我們說說痛苦。

他回答道：

你們之所以覺得痛苦，
是因為你們那包裹著理解力的皮殼破裂了。
那包裹著果仁的硬殼必須被打破，
以便讓果仁擺脫黑暗，
暴露於陽光之下。
因此，在你們知曉生活內涵之前，那痛苦就應該擊破那層包裹著理解力的皮殼。
倘若你們真能時常思索、讚歎生活的奧祕，你們便會看到，你們痛苦的奧妙並不亞於你們的歡樂；
而且，你們還應時常像在田野裡接受四季之變化那樣，承受你們心靈的季候。
你們要以平靜之心去等待，乃至度過你們痛苦、淒涼的冬天。

許多痛苦都是你們自找的。

這許多痛苦是一劑良藥，你心中的睿智醫生將用它來醫治你病態的心靈。

為此，你要相信你心中的醫生，相信他開出的治病良方，平靜而又放心地吞飲這苦澀的藥劑。

因為他的右手，雖然沉重而且無情，卻被另一隻無形而溫柔的手所操縱。

他所提供的藥杯，雖然會灼傷你們的嘴唇，這藥杯卻是由遠古的陶工用他神聖的淚水攪拌著泥土親手製成。

論自知

ON SELF-KNOWLEDGE

一個男人對艾勒穆斯塔法說：請給我們說說自知。

他說道：

在靜謐之中，你們的心知道白晝與黑夜的奧祕。

你們的耳朵，渴望聽到你們心中由這一知識發出的聲音。

然而，你們則希望憑藉語言去瞭解那用思維、沉思才能弄懂的東西。

希望用你們的手指去觸摸你們夢幻的赤裸軀體。

你們有這樣的希望，無可非議。

你們心中的泉眼有朝一日終將噴湧，必將流向大海。

你們心中無盡的寶藏，必將在你們不知不覺時被發現，並呈現在你們眼前。

但是，你們千萬不要用你們的秤，去衡量未知的寶藏。

更不要用有限的尺規和繃緊的繩索，去探測你們知識的深淺。

因為「自我」是無法丈量的大海。

是的，不要在心裡說：「我找到了真理。」
而要說：「我找到了一條真理。」
不要說：「我找到了靈魂之路。」
而要說：「我看到了在我的道路上行走的靈魂。」
因為靈魂行走在所有的道路上。
靈魂不只在一條徑上行走，也不像蘆葦般遍地生長。
靈魂環繞著自己，猶如被無數花瓣擁抱著的睡蓮。

論教育

ON TEACHING

一位老師對艾勒穆斯塔法說：請給我們講講教育。

他回答說：

除了那存在於你們知識的曙光之中、卻又被你們忽視的東西以外，沒有人能再向你們啟示什麼。

至於那在聖殿陰影中被其弟子簇擁著行走的導師，他並不是在傳授他的智慧，而是在傳授他的忠信、憐憫和愛。

如果他確實是智者，他就不會令你們步入他智慧的殿堂，卻要引導你們走向你們自己的思維、智慧之大門。

天文學家能給你們講述他對太空的認識，卻不能把他的知識給你們。

音樂家能給你們唱出世界上最美的歌曲和音調，卻不能賜予你們聆聽樂曲的耳朵和吟詠音韻的嗓子。

精通數字的數學家能說出度量衡的名稱、特點，卻不能賜給你們他的知識。

因為人不能將自己靈性的翅膀借給他人。

就如同上帝對你們每一個人的認識不盡相同，你們對於上帝、對於大地之奧祕的認識也不應該是相同的。

論友誼

ON FRIENDSHIP

一個青年對艾勒穆斯塔法說：請給我們說說友誼。

於是，他回答道：

你的朋友就是你需求的滿足。
他是你的田地，你用愛播種、用感謝收穫。
他是你的餐桌、你的爐膛。
你因為飢餓、因為寒冷，而尋求他的幫助。

當你的朋友向你吐露胸臆的時候，你不要怕說出「不」，也不要隱瞞你心中的「可」。

因為在登山者眼裡，那山要比遠處的原野更加實在、更加壯觀。

當你的朋友保持沉默的時候，你仍然要讓你的心傾聽他的心聲。

因為友誼無需言語就能滋長一切思想、一切願望，和一切希冀，朋友之間盡可喜悅地分享其成果。

如果你的朋友離你而去，你也不必憂傷。

因為你對他身上最看重的東西，或許當他不在的時候，那些東西會在你充滿愛的雙眼前顯得更加清晰。

你們不應對友誼有其他的要求，除了讓友誼更深地印刻在你們的心靈裡。

因為那僅為揭示自身奧祕而不求其他的愛不算是愛，而是一張撒在生活大海中的網，捕獲的也只是些無益的東西。

但願你將自己最心愛的東西留給你的朋友。

倘若值得讓他知道你生活的潮落的話，那麼也可讓他瞭解你生活的潮漲。

在這世界上，那僅僅陪伴你消磨有限時光的朋友，你對他還有何可求的呢？

你應去尋找那振奮你白晝和夜晚的朋友。

因為只有他才能滿足你的需要，而不是填滿你的空虛和枯燥。

但願彼此共同的享受和愉悅，能超越友誼的甘甜。因為在細微事物的晨露中，心靈能尋覓到它的清晨而再度煥發精神。

論說話

ON
TALKING

一位學者說：請給我們說說話語。
於是，艾勒穆斯塔法回答說：

當你們思想的和諧之門在你們面前關閉的時候，你們就開始說話。

當你們不能再在心的孤寂中生活的時候，你們便在嘴唇上棲息，聲音則成了一種消遣、一種娛樂。

在你們許多的話語中，你們的思想似乎有些許憂鬱。

思想是空中的飛鳥，在詞語的籠子裡牠雖然展翅，卻不能像鳥一般飛翔。

你們當中有些人因厭倦了孤獨，便去尋找健談的人。

因為在他們眼前，那孤獨的寂靜，會使他們赤裸的自我展現出來，那清晰的形象看來令人顫抖，於是他們便想躲開它。

你們中的另一些話語者，他們既無知識，也未充分考慮，卻想展示連他們自己也未曾弄明白的真理。

你們中也有一些人，心裡藏著真理，卻拒絕讓真理穿上語言的外套。

靈魂寧靜地居住在這些人的懷抱中。

當你在大道上，或在市場上遇見你朋友的時候，讓你心中的靈魂運轉你的雙唇和舌頭。

讓你心中的聲音對他心中的耳朵說話。

因為他的靈魂要保存你心中的祕密，猶如酒的顏色被忘卻、酒杯被攪壞，而酒味卻依然被懷念。

論時間

ON
TIME

一個天文學家對艾勒穆斯塔法說：師者，你對時間有何高見？

他回答說：

你想丈量那不可測的無限時間。
你想讓時間、季候來規範你的舉止，確定你心靈的行跡。
而且，你想讓時間成為一條溪，你坐在溪旁，觀賞吹過水面的微風，
聆聽溪水淙淙。

然而，你那不被時間束縛的「自我」，確已領悟到生命是無窮的；也意識到昨日只是今日的回憶，明日只是今日的夢幻。

在你那兒歌唱著、沉思著的那一力量，依然居住在太空群星分裂第一刻的圈子裡。

你們當中有誰還未感到自己施愛的能力是無窮的？

還有誰不覺得那無盡的愛是生存於自己本體內的？

還有誰不覺得，雖然如此，愛卻不會從這一個愛的思維移至另一個愛的思維，從這一個愛的行為移至另一個愛的行為？

時間，時間不就猶如愛？不可分割，不可深究。

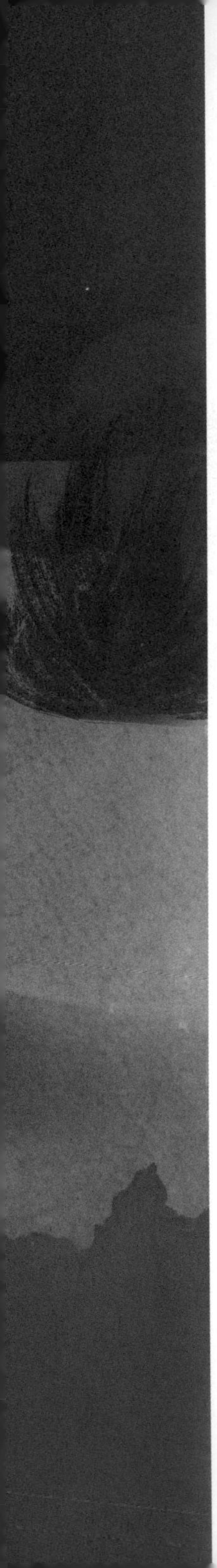

但是，如果你們定要按你們的思維將時間分成季候，那麼就讓每一季候圍繞著其他的季候。

讓現在用回憶去擁抱過去，用嚮往和期盼去擁抱未來。

論善與惡

ON GOOD AND EVIL

城中的一位長老對艾勒穆斯塔法說：給我們說說善與惡。

於是，他回答說：

我可以給你們談談善，卻不能談惡。

那惡不就是痛苦的善嗎？它忍受著飢渴造成的劇痛。

我正要對你們說，善在飢餓時，會去覓食，哪怕深入漆黑的洞穴；善在乾渴時，會去喝水，甚至喝發臭的死水。

朋友，當你與自己合而為一時，你是善者。
當你不與自己合而為一時，你也不是惡者。
因為分裂的居所，並不會成為賊窩，它只是分裂的居所。
船失去了舵，在群島間漂蕩，雖然危機四伏，卻不一定會沉入海底。

朋友，當你竭力將自己奉獻給他人的時候，你是善者。

但是，當你為自己謀利益的時候，也並不是惡者。

因為，你在為自己謀利的時候，你就似一棵大樹的根。大樹的淚水流入大地，而後，大樹的根系又從大地的乳房中吮吸著乳汁。

我說的事實是，果實不能對樹根說：「你要像我一樣，成熟、豐滿而慷慨，為他人貢獻自己的全部。」

因為對果實來說，貢獻就是需求，正如吸收是根的需求。

朋友，當你與人交談時能保持高度清醒，
你就是善者。
但是，如果你睡著了，且舌頭仍在下意識地胡言亂語時，
你也並不是惡者。
因為，那言語，即便會導致謬誤，卻也能強健柔弱的舌頭。

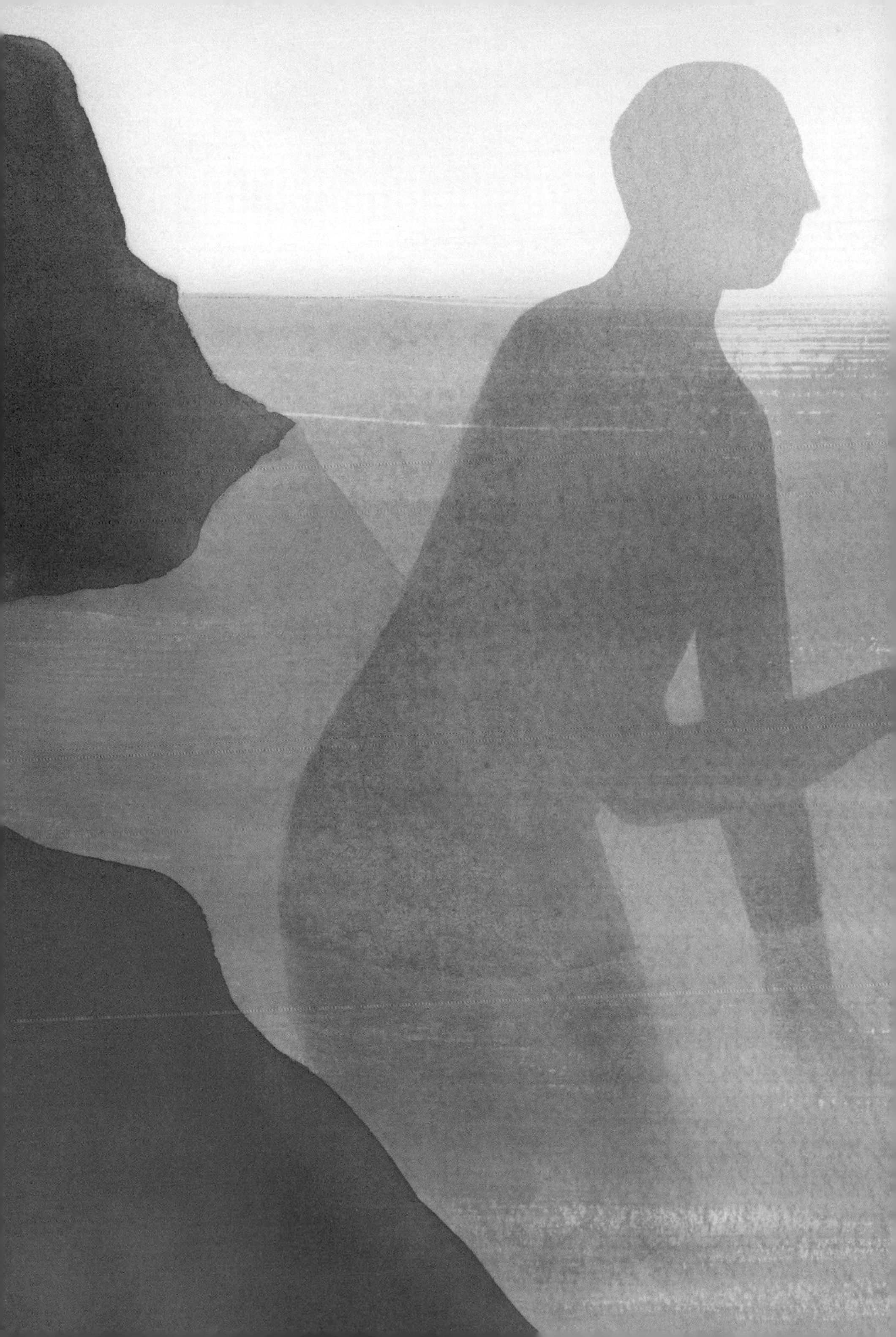

朋友，當你充滿信心、堅定地向目標行進的時候，你是善者。

但是，如果你緩慢地步向目標時，你也並不是惡者。

因為，即便是跛子也不倒行。

但是，你雙腳健康，身體強壯，可不要在跛子面前步履蹣跚，還自以為這是溫文爾雅。

朋友，你以許多方式證明你是善者，在你不善的時候你也不是惡者。
你只是懈怠而懶散。
呵，但願羚羊能教行進緩慢的烏龜邁開輕盈的步子。

是的，你的善只隱匿在你對「大我」的希冀之中，而這希冀是你們每個人都具有的。

但是，對有些人來說，這希冀猶如奔騰入海的洪流，它裹挾著山岡、河谷的神祕與森林、花園的歌謠。

在另一些人那兒，這希冀又宛如小溪，在平地上彎彎曲曲地流淌，於是，很久才抵達堤岸。

然而，不要讓希冀太多的人對希冀太少的人說：「你為何如此遲鈍？」

因為，真正的善者不會對光身子的人發問，說：「你的衣服呢？」也不會對那無家可歸的陌生人說：「你的居所呢？」

論祈禱

ON
PRAYER

接著，一位女祭司對艾勒穆斯塔法說：請給我們說說祈禱。

他回答說：

你總在身陷逆境時，或需要的時候才祈禱；但願你在充滿歡樂之時、在富裕之日也祈禱。

祈禱不就是你的自我在活的以太中延伸嗎？

如果說，向太空傾吐你的黑夜可以使你得到安慰，那麼，毫無疑問，傾吐你心中的黎明足可使你感到歡欣鼓舞。

當你的靈魂召喚你去祈禱，而你又不能停止哭泣，儘管你的兩腮掛滿淚水，但是，靈魂會一次又一次地鼓勵你，直到你歡愉地去祈禱。

祈禱的時候，你的靈魂得以昇華，就在那個時刻，你將與其他祈禱者的靈魂會合；除非祈禱，你遇不到這些祈禱者。

因此，就讓你對冥冥殿宇的朝拜，成為純粹的欣喜和甜美的交流。

因為，如果你進入神殿，只是為了乞求，別無其他目的，你必將一無所獲。

如果你進入神殿，只是為了表示你的恭謙和屈從，你必將無益而歸。

甚至，你是為他人求福而進神殿，你的乞求也不會被回應。

因為，對你來說，只要在沒人看見的時候進入神殿就足夠了。

我不能教你用言語祈禱。

上帝不聽你的言語，除非祂教你把祂的言語透過你的舌頭從嘴唇間發出。

我不能把大海、叢林，和山川的祈禱教給你。

然而，你卻是山川、叢林，和大海的女兒，你能發現這祈禱鐫刻在你的心上。

假如在夜的靜謐中傾聽，你便會聽見山川、大海，和叢林的祈禱，它們平靜而又恭謙地說著：

「我們的主、我們的神、我們長翅的自我，

「祢的意志就是我們的意志，祢的意願就是我們的意願。

「以祢的神力，祢將賜予我們的黑夜化為屬於祢的白晝。

「我們不能向祢求助什麼，因為我們在心中一閃念之前，祢已知道了我們的需求。

「祢就是我們的需要，在祢把自己賜予我們的時候，祢已把一切賜給了我們。」

論享樂

ON PLEASURE

這時，那每年進城一次的隱士走近艾勒穆斯塔法身邊，對他說：請給我們說說享樂。

他回答道：

享樂是一首自由之歌，
卻不是自由。
享樂是你們的願望之花，
卻不是願望之果。
享樂是向高處呼喚的深，
卻不深，也不高。
享樂是從籠中釋放的翅，
卻不是自由翱翔的天空。
是的，享樂確實只是一首自由之歌。
你們在心中為它歌唱，為此我感到高興；但是，我不允許你們在歌唱中沉迷。

你們中的年輕人像追求世上的一切那般，追求享樂，為此，他們要受到懲罰。

而我，則不想懲罰他們，只想讓他們去尋求、去探索。

因為，在尋求中他們將發現享樂，而且並非只發現一種享樂。

享樂有七姊妹，即使最醜的也比享樂更美豔。

你們難道沒聽說過，那挖土掘樹根的人卻發現了寶藏嗎？

你們中的一些老人，回憶他們年輕時的享樂，卻不無懊悔，猶如想起酒醉時和魯莽時犯下的過失。

但是，懊悔實際上是一朵雲，它可以遮蔽思想，卻不能實施懲罰。

為此，他們應該在想起享樂時，充滿感激，就如同他們收穫時想起夏季一般。

但是，如果懊悔能使他們得到安慰，那就讓他們以此來自慰吧。

那兒還有一種人，他們既非那為尋求新的享樂而奮鬥的青年，也並非追憶青春年華的老人。

他們因畏懼探尋的辛勞、害怕追憶的痛苦，為了使自己不疏遠或冷落靈魂，竟拋棄了所有的享樂。

然而，對他們來說，這拋棄就是享樂。

因此，他們雖用顫抖的雙手挖掘樹根，卻也發現了屬於自己的寶藏。

你，明智的隱士，你是否可以告訴我，誰能攪渾靈魂的清澈？
夜鶯能侵擾夜的靜謐，抑或螢火蟲能觸犯星辰的光芒嗎？
你的火焰、你的煙氣，能使風感到負重嗎？
或者，你將靈魂看作一泓靜水，你能用竿子攪擾它的寧靜嗎？

每當你拒絕某種享樂的時候，你就是用你的雙手將那享樂鎖進你身心的隱蔽處。

誰能知道，今天被你拒絕了的享樂，明天是否還能等到它再現？

因為你的身軀深知自身的體質如何與合理的需要，沒有任何人能矇騙它。

是的，你的身軀就是你心靈的琴。

只有你才能讓它奏出優美的樂曲，或者嘈雜的聲響。

也許你會在心中問道：「我們如何才能辨別享樂中的善與惡呢？」

去了田野或者花園，你便可知道，在花叢中採蜜是蜜蜂的享樂，

但是，將蜜汁奉獻給蜜蜂也是花的享樂。

蜜蜂視花為生命的源泉，

而花視蜜蜂為戀愛的使者。

蜜蜂和花都認為：接受享樂和奉獻享樂是一種必需，是生命不可或缺的迷戀。

哦，阿法利斯城的民眾呵，願你們在享樂中像蜜蜂和花朵一般。

論美

ON BEAUTY

一個詩人對艾勒穆斯塔法說：請給我們說說美。

於是，他回答道：

你能去哪裡尋找美？要不是美自身成為你的道路，或成為你的嚮導，

你怎麼能覓到美？

要不是她為你編織得體的言語，你又怎麼能談論美？

痛苦的感傷者說：「美是仁慈的、是溫柔的，她像靦腆的年輕母親，雍容典雅地行走在我們之中。」

憤怒者說：「不，美是暴力、是凶猛。她像風暴，震撼腳下的大地和頭上的青天。」

疲憊者說：「美是溫柔的耳語，她在我們的心靈中細語，她的聲音在我們腦海的靜寂中迴蕩，猶如微弱的光亮，面對陰影的恐懼而顫抖。」

憂鬱者說：「我們曾聽見美在群山中大聲呼叫，伴著那呼叫的是獸蹄的聲響、展翅的聲音，和獅子的怒吼。」

半夜時分，護城的衛士說：「那美將伴著晨曦一起從東方升起。」

中午時分，工人和行路人又說：「我們看見美正從日落的窗口俯瞰著大地。」

冬天，掃雪的人說：「美在群山中跳躍，伴著春天而至。」

夏天，收穫者說：「我們看見美和秋葉共舞，我們也看見雪花飄落在她的髮梢。」

所有這些都是你們對美發表的議論。

但是，實際上，你們對她什麼也沒說，只是在談論你們未曾滿足的需要。

美並不是未曾滿足的需要，而是一種迷戀、一種歡樂。

是的，美不是乾渴的嘴，也不是伸出的手；

而是火熱的心，是陶醉於喜悅的靈魂。

她不是你能看到的形象，也不是你能聽到的歌聲；

而是你閉目也能見到的形象，是你掩耳也能聽到的歌聲。

美不是樹莖上流下的汁液，也不是懸在獸爪上的禽鳥；

而是一座永恆盛開的花園，是一群永遠展翅高翔的天使。

是的，阿法利斯的民眾啊，美就是揭開面紗，展現其聖潔面容的生命本身！

然而，你們就是生命，就是面紗。

美就是永恆在鏡子面前欣賞自己的永恆。

然而，你們就是永恆，就是鏡子。

論宗教

ON RELIGION

接著，一個年邁的牧師對艾勒穆斯塔法說：請給我們談談宗教。

於是，他回答說：

今天，除了宗教以外，我還談過其他問題嗎？
宗教不就是生活中所有的行為和沉思嗎？
抑或它不是生活中的行為，也不是沉思，而是當雙手鑿石或者織布時，靈魂的小溪湧溢出的一種駭異和一種驚歎？
誰能把自己的信仰與行為分開，把自己的信念與職業分開？
誰能把自己生命的時段展現在眼前，並說「這時間是屬於上帝的，那時間是屬於我的，這時間是屬於我靈魂的，那時間是屬於我肉體的」呢？

生命的所有時段都是在天空飛翔的翅翼，從自我飛向自我。

那視「美德」如同美麗衣服的人，還不如赤裸著身子行於人間。

因為風和太陽不會扯壞他的肌膚。

那用哲學、傳統約束自己行為的人，恰如將自己善於啼鳴的鳥困於鐵籠。

因為自由之歌不能出自樊籬和柵欄。

那視「膜拜」為窗戶、可以任意開關的人，他遠不能抵達徹夜開啟著窗戶的心靈之殿。

你們的日常生活就是你們的神殿，就是你們的宗教。
你們進入這神殿的時候，要帶上你們的一切。
帶著犁耙、鐵爐，也帶著槌子和四弦琴，
為了需要、為了追求歡快和享樂而製作的所有器具。
因為你們無法光憑沉思就能超越於你們的成就之上，也無法光憑行為就墜落到你們的失敗之下。
讓所有你們熟識的人都跟著你們一齊去吧！
因為你們不能在膜拜中飛越到他們的希望之上，也不能將你們的自我降到他們的失望之下。

倘若你們要認識上帝，就不要成為解謎的人。

只要觀望四周，你便會發現祂正與你的孩子遊戲。

再舉目仰望廣袤的天空，便會看見祂正於雲彩間穿行，於閃電中展臂，隨著雨水降至大地。

你仔細端詳，便會看見你的主正在花叢中綻露微笑，揮動著雙手在樹林中升起。

論死亡

ON DEATH

接著，艾勒曼蒂爾對艾勒穆斯塔法說：現在我想請你對我們說說死亡。

於是，他對她說：

你們想知道死亡的祕密。

但是，除了在生命的心中尋覓以外，你們又怎麼能發現它呢？

只在晚間才能睜眼的貓頭鷹，面對白晝的光亮是昏盲的，牠不能揭示光亮的奧祕。

你們如真要瞻望死亡的靈魂，就得面對生命的白晝，敞開你們心靈的大門。

因為生命與死亡是同一體，就像河流與大海是同一體一樣。

在你們的希冀和願望的深處，藏匿著你們對來世的無聲認識。

就如沉眠於白雪之下的種子夢想著春天一般，你們的心靈也在夢想著春天的到來。

你們信賴夢境吧，因為在夢中隱藏著永生之門。

至於你們對死亡的懼怕，就像牧人佇立在國王面前時的顫抖。國王正抬起右手撫摸著他，給他以恩惠，賜他以欣悅而榮耀的勳章。

牧人不就因為國王的賜予，而在顫抖中感到歡愉嗎？

可是，他就沒感到自己的顫抖和心的跳動嗎？

除了在風中赤裸地站立、在烈日下融化，死亡還能是什麼呢？

除了將氣息從不停的呼吸中解放出來，使它從羈縛中站立並升騰至天空，去無拘無束地尋求造物主，那停止呼吸又是什麼呢？

直到你們在沉默之河中痛飲時，你們才能歌唱。
直到你們抵達山巔時，你們才能登攀。
直到大地索取你們全部的肢體時，你們才能舞蹈。

告別

THE FAREWELL

已是黃昏時分。

女預言家艾勒曼蒂爾說：

但願這一天、這個與你相聚的地方，也但願與我們對話的你的靈魂，都蒙受福佑。

他答道：是我在說嗎？我不也與你們一樣是諦聽者？

然後，他走下神殿的臺階，大家都跟著他。

大家一直跟隨著他來到泊船的港灣。他登上船，站在甲板上。

他面向大家提高嗓門，大聲對眾人說：

阿法利斯的民眾呵，是風令我離開你們。

雖然我不像風那般迅急，然而，我必須服從它的命令。

因為我們這些漂泊者，正不停地尋找著更為寂寞的道路。我們在此結束白晝，又在別處開始另一天，朝陽與落日不能在同一地看見我們。

因為，即使大地已經沉睡，我們卻依然覺醒著，仍在行進。

我們是奇特又怪異的植物種子，在我們的心成熟豐滿的時候，我們便把自己交給風，讓風把我們撒落給大地。

我在你們之中停留的時日實在太短，而我給你們留下的話語則更少。
但是，當我的聲音在你們耳邊消失、我的愛在你們心中泯滅的時候，我又將迅速地回到你們身邊。
用更仁慈的心、更有靈感的雙唇再次與你們交談。
是的，我將與潮水一同歸來。
雖然，現在死亡遮掩了我，無窮的靜默將我摟抱，但我將再次尋覓你們的理解，我的努力不會白費。
倘若今天我對你們說的都是真理，那麼，到那天，這真理將以更清澈的聲音、更貼近你們思維的語言顯現出來。

我將隨風而去，阿法利斯的民眾呵，但我不會墜入虛空，不會墜入那恐怖的虛空。

倘若今天我尚未滿足你們的需要，尚未賜給你們我的愛，那就等待下次再見。

人的需求是變化無常的，但是，他的愛卻不會改變，同樣，他想以愛滿足其需求的渴望也不會變。

為此，你們應當知道，我終將從那寂靜無聲的世界中歸來。

那在晨曦中離開大地的霧靄，只在田裡留下滴滴露水，它在空中升騰、聚集，形成雲雨，很快又化作雨水，重回大地。

我在你們之中猶如這霧靄。

在夜的靜寂中，我曾在你們的街道上漫步，我的靈魂曾走進你們的宅第。

你們的心曾在我心中搏動，你們呼出的氣曾彌散在我的臉上。我瞭解你們，連同你們的缺點。

是的，我也知道你們的喜怒哀樂。在你們的睡眠中，你們的夢就是我的夢。

在你們之中，我時常像被群山環抱著的一泓湖水。

在我的水鏡上，映現出你們高聳而蜿蜒的懸崖陡壁，以及你們的思想和飄逝而過的願望。

你們孩子的微笑，隨著溪中的流水淌進我的寂靜；你們青年的希冀，隨著河水也流進我的寂靜。

雖然小溪、河流一直流到我的心田，然而，卻從未中斷過歌唱。

但是，我有比這微笑更美、比希冀更甜蜜的東西。
那就是存在於你們之中的「無窮的存在」。
在你們之中的這個偉大巨人身上，你們只是祂的器官組織和肌肉。
祂是一名歌手，在祂的歌聲前面，你們的歌只不過是輕微的顫音。
因為，這一巨人在你們之中時，你們才明白什麼叫「偉大」。
我看見祂的時候，也看見了你們的真諦，並愛上了你們。

在這廣闊空間的世界上，是否存在那愛能達到的無窮盡的崇高和深遠呢？又有什麼想像、希望和夢幻能夠昇華，直至最高境界呢？

是的，這一偉大的巨人，恰似一棵被無數美麗的蘋果花覆蓋著的巨大橡樹。

它的神力將你們緊繫在地上，它的芬芳使你們升騰到高空。在它的意志和毅力中，你們乘著自然的風暴與世永存。

以前，你們曾被告知，你們像一條鎖鏈，而且是諸多鏈環中最弱的一環。

然而，這只說對了一半，你們其實是強者，如同你們鎖鏈中最強的那一環。

因為，倘若以你們最小的成就來評判你們，這無異於用迅即消逝的柔弱泡沫來衡量大海的威力。

倘若以你們的失敗來評判你們，這又無異於對四季變換的責罵。

是的，你們確實像巨大的海洋。

無數艘大船停泊在你們的堤岸，等待著海潮的退漲，而你們雖似大海，卻也不能催促你們的潮汐。

阿法利斯的民眾呵，你們也像四季。

你們在冬季時拒絕春季。

然而，春季並不責怪你們，卻在睡眠中向你們微笑，沒有絲毫怨言。

你們不要以為我這麼說，是要讓你們相互耳語，去說：「他很會誇獎我們，只看見我們的好處。」

我只是用言語轉告你們用思維去理解的東西。

言語的知識不就是無言知識的影子嗎？

因為你們的思想和我的言語實際上就是從那封存記憶之海沖來的波浪，這記憶保存著我們的昨日。

它記載了昔日發生的一切，那時大地根本不認識我們，甚至連它自己也不認識。

也記載著大地還處於混沌之中時那夜的夢幻。

哲人曾先於我來到你們這裡，將自己的智慧奉獻給你們。而我來此地，則是要汲取你們的智慧。

看哪，我已經找到了比智慧更偉大的東西。

在你們之中，我發現了越聚越多燃燒著的靈魂。

然而，你們卻依然無視它的擴展、它的巨大，只為逝去的日子而懊喪哭泣。

生命只在那懼怕墳墓之人的軀體上尋找生命。

這裡沒有墳墓。

因為這些高山和平原只是階梯、是床鋪。你們不經意地來到埋葬著你們祖先的地方，倘若你們仔細觀察四周，便會發現你們自己正和你們的兒女並肩起舞。

我要對你們說：你們時常不知不覺地作樂。

其他人來到你們這裡，向你們約定了黃金般的良辰，承諾你們到時便可建造起你們信仰的大廈。你們為此奉獻的只有財產、權力和尊嚴。

而我，並未對你們有何許諾，但是，你們卻獨對我表示出慷慨和無私。

你們把對生命更深的渴求賜予了我。

我坦率地對你們說，世界上沒有任何饋贈，比那能將人的一切嚮往和欲念變成渴望的雙唇、能將一切生命變成一泓泉水的禮物更大。

這就是我的自豪和酬報。

當我因為乾渴而來到泉水邊，我便發現那泉水也因乾渴而正從泉眼裡向外噴湧。

我飲著水，那水也同時飲著我。

你們中有人認為我不善解人意，不會接受你們的饋贈。

事實是，我討厭領取酬金，但我並不拒絕饋贈。

對你們來說，這已不是祕密，我在你們希望我陪伴你們共同進餐時，卻還在山岡上採摘著黑莓。

當你們之中每個人都表示，希望我留宿他家時，我卻酣睡在聖殿的柱廊下。

然而，你們對我的白晝、黑夜表示關心，並伴隨著淚水的那種強烈的愛，不就可以使我食有甘味、寢伴美夢嗎？

為此，我深深地為你們祝福。

因為你們付出了很多，卻不知道你們正在付出。真的，那對著鏡子孤芳自憐的溫存會變成頑石，

那冠予自己無數美名的善行會變成咒詛的根源。

你們之中有人說我因為愛孤獨而獨醉。

你們之中有人談論我，說：「對他，你們不要太多責備，因為他愛與林中的樹木為伍，卻不愛與人交往。他喜歡坐在高高的山岡俯視我們的城郭。」

是的，我確實曾經攀上山岡，孤獨遠行。

要不是在高處、在遠處，我又怎能看見你們呢？

人如未曾成為遠者，又何以能成為近者？

除你們以外，還有人用沉默的言語呼喚我，對我說：

「異鄉人啊、異鄉人，嚮往至高而又無能攀越的異鄉人，你為何住在那兀鷹作巢的山頂？

「你為何要追求那不可獲得的事物？

「你要為你的網獵捕哪種風雨？

「你想在天空中捕取的又是哪種虛幻之鳥？

「快來吧，成為我們之中的一員。

「快從你的高處降落，用我們的麵包緩解你的飢餓，用我們的醇醪澆熄你焦渴的烈焰！」

在他們靈魂的靜獨中，他們如此說。

倘若他們的靜獨更加深些，他們定會發現，我所追求的只是理解你們悲歡的奧祕。

我要捕獲的只是你們飛行於天際的「大我」。

可是，獵手已變成獵物：
因為我的許多箭矢瞄準的是我的胸膛。
飛鳥已變成爬行動物；
因為，當我迎著太陽展開雙翅的時候，那撒落大地的翅膀的影子卻已變成烏龜。
我，既是信仰者，也是質疑者；
因為我時常將手指擱放在前額，希望能對你們更有信心，也能對你們更加瞭解。

以這樣的信仰和認識，我對你們說：

你們並不是自身軀體的囚徒，也沒被禁錮在房舍四壁之內，或田野之中。

那代表你們本質的暗藏的真我，它深居於山巔，與風同行。

它不會蠕動著在太陽下取暖，也不會因夜晚迷路而求救。

它是包容大地、遨遊天空的自由無羈的靈魂。

對你們來說，即便我的言語是模糊的，也不必非要弄清。
因為，模糊與混沌就是萬物的起始，並非終結。
我極其希望你們視我為起始。
生命、所有的生靈，最初全都隱匿在霧裡，並不在水晶中。
誰人不知，那水晶就是凝固的雲霧？

想起我的時候，願你們也記住這一點：
你們中那最無能、最軟弱的，也就是最堅強、最有力的。
不就是你的呼吸才使你的骨骼堅強的嗎？
不就是那未曾被人夢見的夢境才構建起你們的城市，及城中的一切嗎？
如果你們能看見那呼吸的全程，你們就不必再去看任何其他之物。
如果你們能聽見那夢的細語，你們就無需再去聆聽世上其他的聲音。

你們既不看，也沒聽。這是好的。
那蒙在你們眼上的紗幔，織就紗幔的手會將它揭去。
那充塞你們耳朵的泥土，揉混泥土的手指會將它去除。
那時你們將看見。
那時你們將聽見。
但是，你們不要因為曾經失明、失聰而悲傷。
因為，就在那天，你們將理解萬物潛隱的目的。
你們將像祝福光明一樣祝福黑暗。

說完，他環顧了一下四周，看見他船上的船長正佇立在舵前，一會兒凝視風帆，一會兒又凝望大海。

他說：

我的船長不僅胸襟廣闊，且極富耐心。
風在勁吹，帆已感到焦躁；
連那船舵也期盼著有人來持操；
儘管如此，我的船長卻等待著我把話說完。
我的水手，他們雖已聽慣了大海的歌聲，卻也在耐心地聽著我說話。
然而，他們再也不用等待下去了。
為此行程，我已準備就緒。
小溪之水已匯入大海，偉大的母親將再次把愛子摟進懷裡。

別了，阿法利斯的民眾！

這天的太陽已經西下。

它在我們心上閉合，猶如蓮花在它自己的「明日」上閉合一般。

在這裡給予我們的，我們將保存起來。

如果這還不能滿足我們的需要，那麼我們將再次來此聚會，一齊向給予者伸出雙手。

不要忘記，我會再次來到你們這裡。

要不了多久，我的渴望又將聚集起沙與沫，成為另一副軀殼。

有一陣子，你們不會見到我；再過一陣子，你們又會見到我。

因為另一個婦女又將懷上我，將我生出。

我和你們告別，也和我曾在你們之中度過的青春告別。

昨天，我們像在夢中一般相聚在一起。

在我的靜獨中，你們對我歌唱。由於你們的慕戀，我為你們在空中建造了一座高塔。

但是，睡眠的時代已經過去，夢已不復存在，我們現在不是在破曉時分。

而是在正午，我們的半醒已成為完全的白晝，我們是該分手了。

倘若在記憶的朦朧中，我們再次聚首，我們必定會在一起談論。那時你們將會為我唱出比今日更加深沉的歌曲。

如果在另一場幻夢中，我們的手再次握在一起，那麼我們將在空中再營造一座高塔。

他邊說著邊示意水手起航。於是，水手迅速起錨，向著東方駛去。

眾人齊聲呼喚，那聲音如同出自同一心房。呼喚聲隨著晚照在天際飄蕩，飄向大海，猶如號角的巨響。

唯獨艾勒曼蒂爾默默無言，目送著那船，直至那船消失在霧靄之中。

眾人漸漸散去，只有她依然佇立在海岸上，心中默念著艾勒穆斯塔法最後的話語：

「有一陣子，你們不會見到我；再過一陣子，你們又會見到我。因為另一個婦女又將懷上我，將我生出。」

紀伯倫創作年表

CHRONOLOGY OF GIBRAN'S WORKS

一九〇四年　二十一歲　在《僑民報》上發表散文詩

一九〇五年　二十二歲　發表藝術散文《論音樂》

一九〇六年　二十三歲　出版短篇小說集《草原新娘》

一九〇七年　二十四歲　出版短篇小說集《叛逆的靈魂》

一九一一年　二十八歲　出版中篇小說《折斷的翅膀》

一九一四年　三十一歲　出版散文集《淚與笑》

一九一八年　三十五歲　出版第一部英語散文詩《瘋人》

一九一九年　三十六歲　發表長詩《行列》

一九二〇年　三十七歲　發表散文集《先驅》，出版散文集《暴風集》

一九二三年　四十歲　出版英語散文詩集《先知》

散文集《珍趣篇》

一九二六年　四十三歲　出版《沙與沫》

一九二八年　四十五歲　出版《人子耶穌》

一九三一年　四十八歲　出版《大地之神》

遺著

一九三二年　《流浪者》出版

一九三三年　《先知花園》出版

譯後記

在中國知名度最高的阿拉伯文學作品應該是民間故事《一千零一夜》，其次就是黎巴嫩作家紀伯倫的《先知》了。

紀伯倫全名是紀伯倫·哈利勒·紀伯倫，於一八八三年生於黎巴嫩北部貝什里村，是基督教馬龍派教徒。卒於一九三一年，終年四十八歲。

紀伯倫雖然在世僅四十八年，但從二十歲開始發表作品，其二十八年的文學生涯為後人留下的阿拉伯語和英語作品達十六部之多。除此之外，還有許多未被收入集子的隨筆和大量書信。他最著名的散文詩作品《先知》已被譯成五十多種文字，成為世界上除莎士比亞的作品外最暢銷的文學作品，他也因此成為第一位享譽西方世界的阿拉伯作家，甚至連美國前總統羅斯福對他都有過很高的評價，認為紀伯倫「是東方刮來的第一次風暴……你給我們西海岸帶來了鮮花」。

紀伯倫不僅僅是一位傑出的文學大師，還是一位成功的多產畫家，一生留下的大小畫作達七百餘幅。早在文學創作之前，他就已經開始習畫，二十一歲時就已成功舉辦了個人畫展，後赴巴黎，並落住藝術家聚集地蒙馬特高地附近。十九世紀末二十世紀初的巴黎被認為是西方現代藝術的中心，而蒙馬特高地正是這一中心的心臟，所有現代派藝術及其代表人物、領軍藝術家都曾在這一高地上從事藝術創作。紀伯倫就是在這樣充滿藝術氣息的環境中度過了兩年，所受影響是不言而喻的，其中所受當時頗為流行的象徵主義影響尤甚。紀伯倫的這次巴黎之行可以看成是其一生中最大拐點的起始。在巴黎的兩年，紀伯倫不僅習畫，接受諸如羅丹等藝術大師的指點，或許更為重要的是，紀伯倫還閱讀了但丁、盧梭、伏爾泰、威廉·布萊克等文學名家的大量作品，同時他還對尼采的哲學思想欣賞有加，有學者認為，在紀伯倫很多散文作品中都可以看到尼采的影子。

一九一〇年年底，紀伯倫回到美國波士頓，一九一二年起定居紐約。

一九二〇年，紀伯倫與其他幾位旅美阿拉伯作家、詩人一起創辦「筆會」，並出任會長。一九三二年，旅居南美的阿拉伯文學家成立「安達盧西亞社」，以這兩個文學組織為核心形成了在阿拉伯近現代文學發展史上著名的旅美派文學（又稱阿拉伯僑民文學）。而紀伯倫就是該流派當之無愧的旗手。

紀伯倫逝世後，遺體被運回黎巴嫩，並葬於家鄉貝什里聖徒謝爾基斯修道院內，一九七五年，該修道院改建成紀伯倫博物館。在紀伯倫棺木的安放處，可以看到他的墓誌銘：「我和你一樣活著，就站在你的身邊，閉上你的眼，轉過身，就可以看到我在你的面前。」

正如紀伯倫的墓誌銘所言：「我和你一樣活著，就站在你的身邊」，每當讀到紀伯倫的作品，就可感到是他在你耳邊私語；每當看到紀伯倫的畫作，就可感到是他在和你眼神互動。

中外文史學界一致認為，紀伯倫的《先知》是他文筆最精彩、思想最深邃的作品，也是他散文詩創作的巔峰之作，它之於紀伯倫，有如《吉檀迦利》之於泰戈爾，正是《先知》使紀伯倫蜚聲世界。

在《先知》之前，紀伯倫已經創作了《瘋人》、《先驅》、《行列》、《暴風集》等多部英語、阿拉伯語散文詩集。《先知》創作歷時數年，傾注了紀伯倫幾乎全部的心血，與其之前的英語作品相比，其在思想深度上明顯成熟，似已完成了紀伯倫思想的宏大架構。《先知》篇幅不長，而涉及的主題卻包括人生必然面對的幾乎所有事和物。作者在《先知》中借哲人——艾勒穆斯塔法之口闡述了他本人對愛、婚姻、孩子、飲食、居室、理智與情感、罪與罰、善與惡、自由、宗教、死亡等問題的看法。毫無疑問，《先知》是紀伯倫最為精彩的作品，是他對自身長年沉思的最終提煉，正如他自己所言，是他的「第二次降生」，而且是等了「千年」後的再生。

且看紀伯倫對愛的論述：「愛除自身外，既無施予，也無索取。愛既不占有，也不被占有，因為愛僅以愛為滿足。」、「滿心歡喜地在黎明醒來，感謝充滿愛的又一天來臨；中午小憩，默念愛的柔情繾綣；傍晚，滿懷感激之情回到家裡；躺下睡覺，然後在心中為你所愛的人祈禱，讚美之歌則印上你的雙唇。」顯然，紀伯倫心目中的愛是無私的愛，更是人類之大愛；再看紀伯倫的享樂觀：「享樂是一首自由之歌，卻不是自由。享樂是你們的願望之花，卻不是願望之果。享樂是向高處呼喚的深，卻不深，也不高。享樂是從籠中釋放的翅，卻不是自由翱翔的天空。是的，享樂確實只是一首自由之歌。」

從中不難看出，紀伯倫的享樂觀是極其辯證的，享樂更多的是體現在追求享樂的過程中而並非享樂本身；宗教問題自古以來一直備受關注，儘管紀伯倫是基督徒，但是他在論述宗教的時候，卻完全超越了不同宗教之間的差異，超越了東西方人種、膚色的不同，而是站在人類、人性劃一的高度，如同神明一樣地指出：「你們的日常生活就是你們的神殿，就是你們的宗教」；「倘若你們要認識上帝，就不要成為解謎的人」。

縱觀紀伯倫的作品，他從來也沒有否認過上帝的存在，更沒有否認過宗教，只不過在他眼裡，宗教無非就是人的一種嚮往和精神追求，他不希望學者像「解謎」一樣過度地去解讀宗教，而更願意讓對信仰的追求融入日常生活，從而來規範自己的行為。在這一層面上，《先知》就如同用精美語言織就而成的經典詩篇。

紀伯倫在《先知》中如同神明一般對生活萬象一一作出解讀，從中可以觸摸到他對人生的感悟和對人性的哲學思考。

《沙與沫》與《先知》在形式上不同，它是格言類的散文詩篇，共收入了三百餘條紀伯倫的經典格言，根據紀伯倫自己的說法，《沙與沫》可被視為《先知》的補充。紀伯倫在為他的《沙與沫》寫的題記如是說：「這本小小的集子就如同它的書名《沙與沫》，僅僅是一捧沙、一勺沫。……每一個男人和每一個女人的雙翼都有著些許的沙與沫。但是，我們中有一些人願意展現自己所擁有的，而另一些人卻羞於展現。而我則是不會赧顏的。……」

《沙與沫》是在《先知》發表後的第三年出版的，之所以說它是《先知》的補充，是因為在紀伯倫本人看來，《沙與沫》是他在創作《先知》後意猶未盡的再言，儘管不是成篇的文章，有的甚至只是一句話，但這才是紀伯倫最本真的思想，是瞬間閃爍的理性光芒，無一不含有深邃的哲理，而更為重要的是他願意將自己的沉思、將自己的擁有毫無保留地奉獻給所有人，讓人分享他的思維過程和思維結晶。

《沙與沫》中的每一段表述有如字字珠璣，又似如金箴言，給人以啟迪，讀後不僅回味無窮，更能使心靈達到淨化，使性情得到陶冶。如紀伯倫對友誼的定義「友誼永遠是一種甜蜜的責任，而不是自私者的機會」，再如他在字裡行間所流露出的人生觀：「我願意成為世上有夢、並想實現自己夢想的最渺小者，卻不願成為無夢、無願望的最偉大者。最值得可憐的人，是想把夢想變成金銀的人。」

《瘋人》是紀伯倫發表的第一部用英語創作的散文詩集，共收入包括〈主〉、〈我的朋友〉、〈夜與瘋人〉、〈完美世界〉等作品三十五篇。從這些作品的結構和形式看，大多有點類似寓言和小故事，但行文灑脫，猶如詩化文章。在這些作品中或許第一篇〈我何以變為瘋人〉最為重要，它如一篇題記，為後續作品的出現做了鋪墊，作者將自己比作「瘋人」，寓意深刻，而變成「瘋人」就是因為脫去了假面具，「就這樣，我成了瘋子。而在這瘋癲之中我卻發現了自由和解脫」，這就是紀伯倫一生的追求和嚮往——自由和解脫。紀伯倫不想戴著假面具生活，更重要的是，他欲借「瘋人」之口，去諷刺看似完美的「完美世界」。在最後一篇題為〈完美世界〉的作品中，紀伯倫這樣說道：「我、一個被扭曲的凡人，我、一朵迷惘的星雲，在完美無缺的人的世界裡遊蕩。」甚至他竟如此發問：「我為什麼在這裡？游弋在眾神中的迷惘靈魂之神呵，我為什麼在這裡？」

《先驅》和《瘋人》一樣，大多是一些寓言化書寫而成的短文，如〈阿拉杜斯王〉、〈價值〉、〈懺悔〉等。顯然，在每一則寓言故事中都蘊含著紀伯倫深邃的思想，細細品味亦不難揣摩到作者這種超現實書寫意在的精神指向，觸摸到他超乎常人的智慧。

紀伯倫雖身處凡人世界卻不願如同他人那般失去自我而被異化，他變身「瘋人」，意在使話語者成為凌駕他人之上的超人（超人的另一種表現——瘋人），使對看似不公世界的諷刺、揶揄，乃至抨擊成為可能。這就如同他在幾年後創作《先知》時，借哲人艾勒穆斯塔法之口，以類似先知的口吻表達他對世間事物的看法。

一個傑出的作家是不應該被過度解讀的，解讀從某種程度上講，意味著標籤化，尤其像紀伯倫這樣的偉大作家更不該被標籤化，紀伯倫的作品給人帶來的思維想像空間不但巨大而且多維，是再多的標籤都無法窮盡的。

閱讀紀伯倫或許很難如同閱讀其他作家那樣會給讀者帶來常人所說的愉悅和歡快，無論是「瘋人」還是「先知」，他只會給人帶來更多的啟迪，讓人在咀嚼、領悟溢滿字裡行間哲理的同時，分享作者的深沉，意會他的情愫。

閱讀紀伯倫的作品，遊走在紀伯倫那精美文字織就的虛幻且又實在的宏大空間，體驗到的是另一種無可名狀的快感享受。

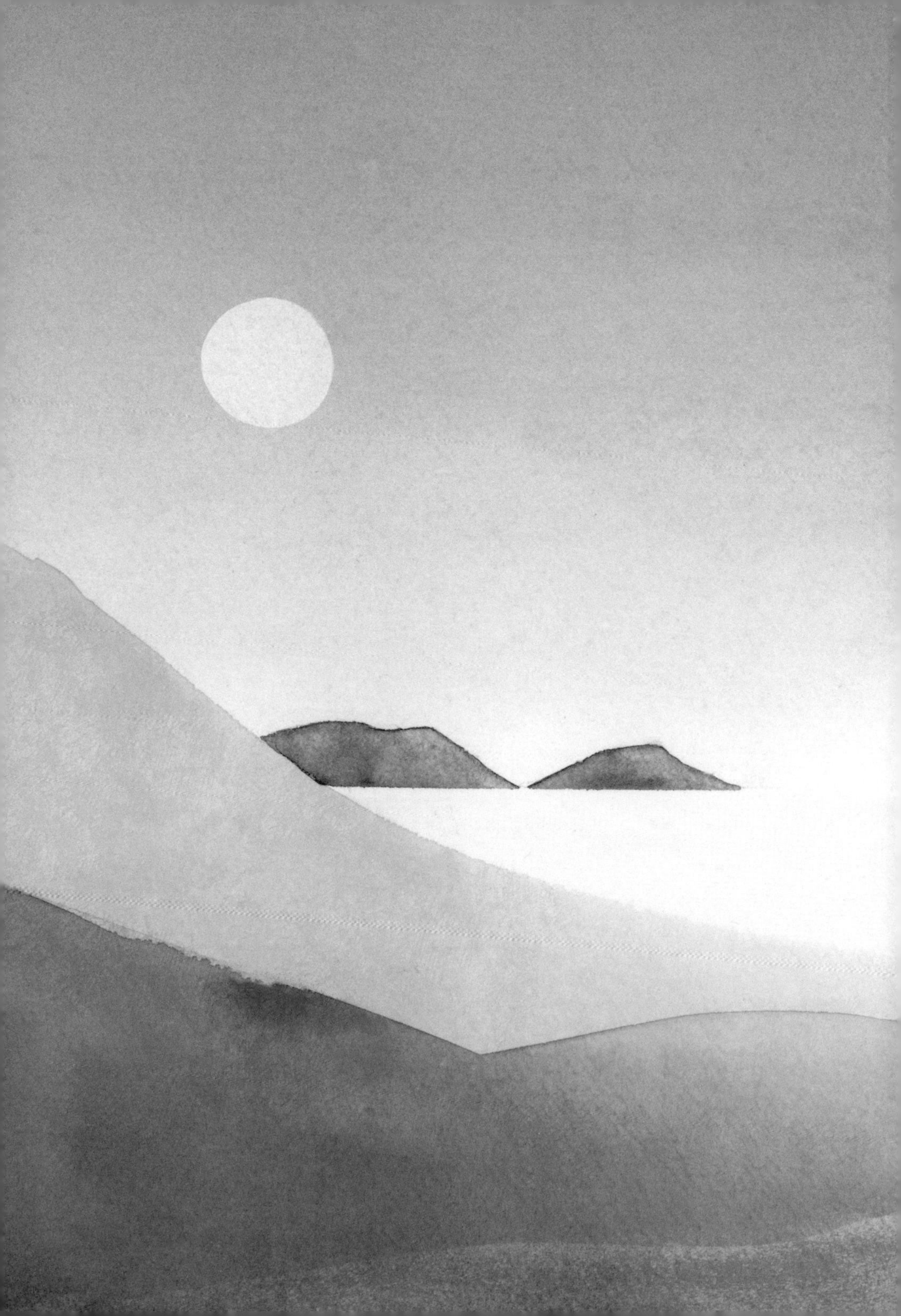

先知／紀伯倫著；蔡偉良譯 . -- 初版 . -- 臺北市：時報文化出版企業股份有限公司 , 2023.04
256 面；14.8 x 21 公分 . -- (愛經典；68)
譯自：The prophet.
ISBN 978-626-353-737-8(精裝)

864.751 112005189

本書譯自貝魯特世代出版社 1981 年版《紀伯倫英語作品阿語全譯本》

作家榜经典文库®

ISBN 978-626-353-737-8
Printed in Taiwan

愛經典 0068
先知

作者—紀伯倫｜譯者—蔡偉良｜編輯總監—蘇清霖｜編輯—邱淑鈴｜企畫—張瑋之｜美術設計—FE 設計｜封面繪圖—范薇｜內頁繪圖—Isabella Conti ｜校對—邱淑鈴｜董事長—趙政岷｜出版者—時報文化出版企業股份有限公司 108019 臺北市和平西路三段二四〇號四樓 發行專線—（〇二）二三〇六—六八四二 讀者服務專線—〇八〇〇—二三一—七〇五、（〇二）二三〇四—七一〇三 讀者服務傳真—（〇二）二三〇四—六八五八 郵撥—一九三四四七二四時報文化出版公司 信箱—10899 臺北華江橋郵局第 99 信箱 時報悅讀網—http://www.readingtimes.com.tw ｜電子郵件信箱—new@readingtimes.com.tw ｜法律顧問—理律法律事務所 陳長文律師、李念祖律師｜印刷— 紘億印刷有限公司｜初版一刷—二〇二三年四月二十八日｜定價—新台幣三八〇元｜（缺頁或破損的書，請寄回更換）

時報文化出版公司成立於一九七五年，並於一九九九年股票上櫃公開發行，於二〇〇八年脫離中時集團非屬旺中，以「尊重智慧與創意的文化事業」為信念。